너의 이름은 빠사삭

글 | 신전향

도서관 사서로 일하다가 처음 동화를 접하게 되었습니다. 어렸을 때는 책을 읽는 것보다 뒷이야기를 상상하는 걸 더 좋아했습니다. 김유정신인문학상을 받으며 처음 동화를 세상에 내보였습니다. 죽기 전에 진짜 웃기는 동화를 써 보는 것이 꿈입니다. 쓴 책으로 『숲속 별별 상담소』, 『고양이가 되어 버린 나』, 『마녀여도 괜찮아』, 『기억해 줘』, 『쉿, 아무도 모르게!』, 『유튜버가 된 햄스터 암마』가 있습니다.

그림 | 인디

원색의 알록달록한 그림을 그리는 인디입니다.
『내 마음이 잘 지냈으면 좋겠어』, 『우주를 여행하는 초보자를 위한 안내서』, 『초등수학 검정교과서』 등 어린이를 위한 책 작업을 했습니다.

소원저학년책 · 03

너의 이름은 빠사삭

개정판 1쇄 발행 | 2025년 1월 10일

글 | 신전향   그림 | 인디
책임편집 | 권수빈   **책임디자인** | 손보을
편집 | 한은혜 · 양현석   **디자인** | 강연지 · 김보경   **마케팅** | 한소현   **경영지원** | 유재곤
펴낸이 | 이미순   **펴낸곳** | (주)소원나무
주소 | 경기도 고양시 덕양구 으뜸로 110 힐스테이트 에코 덕은 오피스 2동 603호
전화 | 02 - 2039 - 0154   **팩스** | 070 - 7610 - 2367
등록 | 제 2021-000180호(2021.09.30)
제조자 | (주)소원나무   **제조국** | 대한민국   **대상** | 8세 이상
ISBN | 979-11-93207-67-3 74810
세 트 | 979-11-981457-0-3 74810

독서활동자료

소원나무 홈페이지

소원나무는 한 권의 책 속에 우리의 꿈과 희망을 소중하게, 정성스럽게, 웅숭깊게 담아냅니다.

너의 이름은 빠사삭

글 | 신전향   그림 | 인디

소원나무

차례

귀찮은 건 딱 질색이야!

쿵! 쨍그랑!

오븐에서 요란한 소리가 나더니 뿌연 연기와 함께 스쿠 씨 눈앞에 커다란 사람 모양의 쿠키가 나타났어. 덕분에 오븐은 산산조각이 났지.

스쿠 씨는 자기 키만 한 쿠키를 보고 얼마나 놀랐는지, 입 안 가득했던 과자를 씹지도 않고 삼킬 뻔했어. 쿠키는 스쿠 씨의 손을 덥석 잡더니 신나게 흔

들어 댔어.

"저를 태어나게 해 주신 분이군요. 잠깐만요!"

쿠키는 바닥에 떨어진 부스러기를 주워 눈 옆에 갖다 붙였어. 스쿠 씨는 이 모든 상황이 놀라웠어.

빠사삭!

그때 스쿠 씨의 입 안에서 '빠사삭'하고 소리가 났어. 스쿠 씨가 말을 하려고 입 안에 남아 있던 과자 조각을 씹었거든. 쿠키는 그 소리를 듣고 눈이 동그래졌어.

"오, 내 이름이 그거군요. 빠사삭! 우주에 둘도 없을 멋진 이름이네요."

스쿠 씨는 그게 아니라고 말하려 했지만 말할 틈이

없었어. 빠사삭이 금방 자리를 떴거든. 그러곤 집 안 이곳저곳을 들쑤시면서 인사하고 다녔지.

첫인사는 쉴 새 없이 뻐끔거리는 금붕어한테 했어.

"안녕? 난 빠사삭이야. 넌 참 말이 많구나."

그러곤 뒤돌아 대걸레한테도 인사했어.

"너도 안녕? 넌 머리카락이 참 예쁘구나."

그런 빠사삭을 보며 스쿠 씨는 혀를 찼어.

'저런 골칫덩어리를 우리 집에 데려다 놓은 게 누구야? 만나면 엉덩이를 한 대 차 줄 텐데.'

사실 빠사삭을 태어나게 한 건 바로 스쿠 씨였어. 스쿠 씨가 우주 쓰레기장에 있는 쓰레기 더미에서 이 특별한 오븐을 주워 왔거든. 스쿠 씨 엄마의 심부름으로 가져온 거지만 말이야.

스쿠 씨는 언제부턴가 늘 집 안에만 있었어. 누군가와 함께 있는 것보다 혼자 있는 게 편했으니까. 가끔은 외로웠지만 편하니까 그걸로 괜찮다고 생각했지. 스쿠 씨의 그런 모습을 엄마는 늘 안타까워했어.

엄마는 스쿠 씨의 등을 떠밀어 일부러 심부름을 시키곤 했어. 대부분 그 심부름은 우주 쓰레기장에 다녀오는 거였지. 엄마는 우주 쓰레기장을 아주 즐거운 곳이라고 생각했거든. 그곳에는 항상 누군가가 있었으니까. 엄마는 늘 스쿠 씨에게 누군가를 만나는 건 즐거운 일이라고 말했어. 물론 스쿠 씨는 동의하지 않았지만 말이야.

우주 쓰레기장은 요롱요롱 별 청소부들이 우주에서 찾은 쓰레기들을 모아 놓은 곳이었어. 쓰레기라고 모두 쓸모없는 거라고 생각하면 안 돼. 이름만 쓰레기일 뿐 대부분 멀쩡한 물건들이었거든.

신기한 물건도 많았어. 예를 들어 '무슨 말이든 오케이 립스틱'이라든지, 아니면 '뭐든지 종이보다 얇게 만드는 다리미' 같은 것들 말이야. 요롱요롱 별에서는 특별한 물건을 알아보는 눈을 가져야만 청소부로 뽑힐 수 있었지.

어쨌거나 오븐을 가져온 것도 스쿠 씨고, 오븐의 시작 버튼을 누른 것도 스쿠 씨야. 물론 스쿠 씨가 일부러 누른 건 아니야. 과자를 가지러 가다가 엉덩이로 버튼을 누른 거였거든. 스쿠 씨 엄마가 예전에 만

들어 놓은 반죽이 오븐 안에 있는 줄도 모르고 말이야.

이 모든 사실을 스쿠 씨는 까맣게 몰랐어. 누군가가 빠사삭을 자신의 집에 데려다 놓았다고만 생각했지. 그래서 속으로 이만 부득부득 갈 뿐이었어.

"이봐!"

스쿠 씨는 빠사삭을 불렀어. 하지만 빠사삭은 스쿠 씨를 쳐다보지도 않았어. 두 번을 부르고 세 번을 불러도 마찬가지였지. 열 번쯤 불러도 대답이 없자 스쿠 씨는 화가 머리끝까지 나고 말았어.

"왜! 왜! 왜! 못 들은 척하는 거야?"

그제야 빠사삭은 영문을 모르겠다는 표정으로 뒤를 돌아봤어. 그러곤 발밑에 떨어진 부스러기들을 아까처럼 얼굴 양옆에 문질러 댔어. 신기하게도 귀가 만들어졌지.

"무슨 일이 있었나요?"

"아무리 소리를 질러도 네 녀석이 들은 척도 안 했잖아."

"오, 이런. 저는 귀가 없어서 필요할 때만 만들어 쓰고 있어요. 이 집이 너무 시끄럽고 정신없어서 잠시 귀를 떼어 놓았죠."

사실 집을 시끄럽게 만든 건 빠사삭이었어. 금붕어에게 인사한다며 어항을 들어 올리고, 대걸레에게 인사한다며 어항을 들었다

는 사실도 잊은 채 손을 흔들었지. 덕분에 어항은 산산조각이 났어. 그뿐이 아니었어. 대걸레를 들고 춤을 추다가

그대로 미끄러졌지. 그래서 바닥은 엉망진창이 되었어. 이 모습을 지켜보던 스쿠 씨가 화를 벌컥 냈어.

"귀가 필요 없는 순간이 도대체 언제란 말이야? 적어도 내 앞에 있을 때는 항상 달고 다니라고!"

"하지만 필요할 때만 만들어 쓰면 듣고 싶은 말만 들을 수 있는걸요. 그리고 저는 원래 귀가 없답니다."

스쿠 씨는 할 말을 잃었어. 갑자기 피곤해졌지. 그때 누군가가 스쿠 씨 집 초인종을 눌러 대기 시작했어. 스쿠 씨는 모르는 척하고 싶었지만 초인종은 계속 울렸지. 결국 스쿠 씨는 현관문을 열었어. 옆집에 사는 브룩 아주머니가 와 있었지.

"오, 스쿠. 장례식에 꼭 참석해서 네 엄마에게 마지막 인사를 하고 싶었는데……. 참, 너희 집 흉측한 넝쿨이 우리 집 정원까지 넘어왔어. 네 엄마는 넝쿨을 정말 잘 다뤘지. 이제 내가 너한테 넝쿨 다루는 법을……."

"아! 제가 지금 가스레인지 불을 켜 놓고 나와서요. 다음에 봬요!"

"하지만 스쿠, 네 엄마가 가스레인지는 고장 났다고 했는데……."

스쿠 씨는 못 들은 척 문을 쾅 닫아 버렸어. 그러곤 다시 문을 열지 않았지. 브룩 아주머니가 포기하고 집으로 돌아갈 때까지 말이야. 창문으로 현관문 앞에 아주머니가 없는 걸 확인하고 씩 웃는데 집 안에서 쾅쾅거리는 소리가 났어. 집 밖의 침입자는 쫓아냈지만 집 안의 침입자는 아직 남아 있었지.

'저 녀석을 집 밖으로 내던져 버려야겠어.'

스쿠 씨가 무시무시한 표정으로 소리가 난 곳으로 가려는데 또 초인종이 울렸어. 아무도 없는 척 한참을 가만히 있었지만 초인종 소리는 멈추지 않았지.

띵동! 띵동! 띵띵띵띵띵띵동!

결국 스쿠 씨는 문을 열었어. 아주 짜증 난다는 얼굴을 하고서 말이야. 문 앞에는 어떤 꼬마 녀석 하나가 서 있었어. 옆에는 브룩 아주머니도 함께였지.

"스쿠, 이 아이가 너희 집에서 찾을 게 있다고 하는구나. 그래서 내가 데려왔단다."

"안녕하세요, 혹시 자그마한 공 보셨어요? 저희 엄마가 이 근처에서 일을 하시거든요. 엄마를 기다리면서 혼자 공놀이를 하고 있었는데 공이 이 집 쪽으로……."

스쿠 씨는 꼬마의 말을 딱 잘랐어.

"꼬마야, 이 집에는 무시무시한 괴물이 사는데 찾아오다니 용감하구나."

"거짓말이죠? 세상에 괴물이 어디……."

그때 빠사삭이 나타났어.

"스쿠 씨, 제가 말이죠!……."

꼬마는 빠사삭을 보자마자 비명을 질렀어.

"괴, 괴물이야. 진짜 괴물이 있었어!"

브룩 아주머니도 놀라서 말했어.

"스쿠! 이게 무슨 일이니?"

꼬마는 너무 놀라 뒷걸음질 치다가 그만 넘어지고 말았어. 그 모습을 본 스쿠 씨는 아주 잠깐 빠사삭이 마음에 들 뻔했어. 스쿠 씨는 티나지 않게 속으로 낄낄 웃으며 문을 쾅 하고 닫았어.

'이제 더 이상 꼬마 녀석이 찾아오지 않겠지?'

하지만 스쿠 씨의 생각은 틀렸어. 꼬마는 다시 초인종을 눌렀지. 아까보다 더 요란하게 말이야.

띵동! 띵동! 띵띵띵띵띵동! 띵띵띵띵띵동!

스쿠 씨는 최대한 험악한 표정을 지으며 다시 현관문을 열었어. 꼬마는 바들바들 떨고 있었어. 하지만 할 말은 다 했지.

"괴물 따위는 세상에 없어요. 저도 다 안다고요. 거짓말하지 말고 제 공을 돌려주세요."

"다행이구나. 아주 바보는 아니어서. 그래서 그 공은 대체 어디에 있다는 거냐?"

꼬마는 마당 구석에 있는 공을 가리켰어. 스쿠 씨는 천천히 다가가서 공을 주워 들었어.

"꼬마야, 넌 똑똑하니 이 공이 우리 집에 들어온 이상 내 거라는 것도 알겠구나."

스쿠 씨는 현관에 있는 쓰레기통을 향해 공을 던졌어. 공은 아주 더러운 쓰레기통에 쏙 들어갔지. 스쿠 씨는 아주 만족스러운 웃음을 지었어. 그리고 멍하니 있는 꼬마 녀석을 똑바로 바라보며 있는 힘껏 현관문을 쾅 닫았어.

"저 친구가 놀란 게 나 때문이었어요?"

뒤돌아보니 빠사삭이 서 있었어. 어깨를 축 늘어뜨리고 말이야. 스쿠 씨는 잠깐 멈칫했어. 하지만 비실비실 새어 나오는 웃음을 숨길 수가 없었지. 어쩐지 빠사삭을 쫓아낼 기회를 잡은 것 같았거든.

"아마도."

"제가 그렇게 이상해요?"

"다르지. 다른 것을 보통 이상하다고 말해. 다들 말이야."

"하지만 저 친구보다 제가 스쿠 씨와 크기가 더 비

숫하잖아요."

빠사삭은 스쿠 씨를 향해 간절한 눈빛을 보냈어. 어떤 부분이라도 비슷하다고 해 줬으면 하는 마음을 담아서. 하지만 스쿠 씨는 빠사삭의 마음에 답할 생각이 전혀 없었어.

"중요한 것은 겉모습이지. 창밖을 봐. 다들 너와는 모습이 완벽하게 다르잖아."

스쿠 씨는 창문을 가리켰어. 거리에 요롱요롱 별 사람들이 지나다니고 있었지. 빠사삭은 창문에 코를 박고 자세히 봤어. 하나같이 색들이 화려했어. 빠사삭과 다르게 말이지. 무엇보다도 다른 것이 하나 있었어. 바삭해 보이는 빠사삭과 달리 다들 한눈에 보기에도 탱글탱글해 보였지. 마치 젤리처럼 말이야.

그들을 한참 바라보던 빠사삭은 어깨를 축 늘어뜨렸어.

"생긴 모습이 다르면 이곳에서 살 수 없을까요?"

빠사삭의 질문에 스쿠 씨는 하마터면 '만세' 하고 소리칠 뻔 했어. 순간 빠사삭을 쫓아낼 핑계가 선명하게 떠올랐거든. 스쿠 씨는 웃음을 꾹 참고 억지로 심각한 표정을 지으며 말했어.

"아마도. 아까 온 브룩 아주머니도, 그 꼬마도, 그리고 나도 다 비슷하게 생겼잖아. 이 세상은 다르게 생기면 받아들이지 않아. 만약 다른 사람들이 네가 우리 집에 산다는 걸 알게 되면 나도 곤란해질 거야. 그러니……."

빠사삭의 귀에는 아무것도 들리지 않았어. 대신 스쿠 씨를 바라봤지. 피부색이 다르기는 했지만 창밖의 사람들처럼 탱글탱글하고 투명한 피부였어. 빠사삭은 다시 자신을 봤어. 언제라도 부서질 듯 바삭바삭한 피부를 가지고 있었지.

"저는 절대 스쿠 씨처럼 될 수 없겠죠?"

빠사삭은 울면서 부엌으로 뛰어갔어. 울고 지나간 자리마다 끈적끈적한 설탕 가루가 떨어져 있었지. 스쿠 씨는 빠사삭을 다 녹여 버리고 싶은 마음을 꾹꾹 누르며 바닥을 닦았어.

그때였어.

타당!

요란한 소리에 스쿠 씨는 바로 부엌으로 달려갔어. 부엌 한가운데 빠사삭이 가만히 서 있었어. 마치 냉동 쿠키라도 된 것처럼 말이야. 빠사삭이 천천히 뒤를 돌아 스쿠 씨를 바라봤어. 한껏 놀란 눈치였지. 또다시 요란한 소리가 났어.

우지끈! 쾅!

오븐에 이어 오븐 받침대가 부서졌어. 스쿠 씨는 놀란 눈으로 빠사삭과 받침대를 번갈아 쳐다봤어. 빠

사삭은 스쿠 씨를 보고 활짝 웃었지.

"저를 만들어 낸 오븐 속으로 사라지려고 했는데 이미 오븐이 부서졌더라고요. 오븐이 있던 자리에라도 들어가 볼까 했는데 이것마저 부서지고 말았네요. 걱정 마세요. 그래도 오븐 문은 무사하니까요."

빠사삭은 떨어진 오븐 문짝을 들고 흔들며 말했어. 스쿠 씨는 지끈거리는 이마를 짚으며 한숨을 쉬었지.

"네 녀석을 만들어 낸 게 그 오븐이었군. 그 망할

오븐."

스쿠 씨는 망가진 오븐을 보니 피곤함이 몰려왔어.

'저 녀석을 이 집에서 빨리 쫓아내는 것만이 답이야!'

그런데 빠사삭의 모습이 아까와 조금 달랐어. 자세히 보니 머리에 종이 모자를 쓰고 있었지. 꽃잎이 그려진 종이 모자였어.

"그건 뭐지?"

"아, 방금 부엌에서 종이를 찾았어요. 머리가 휑해 보여서 종이 모자를 만들었답니다. 정말 멋지죠? 스쿠 씨가 원하신다면 제가 선물로……."

그때 종이에 쓰인 익숙한 글씨가 스쿠 씨 눈에 들어왔어. 엄마의 글씨였지. 스쿠 씨는 엄마가 해 준 말이 생각났어.

"스쿠, 내가 너를 위해 남겨 놓은 것이 있단다. 네가 앞으로 살아가는 데 꼭 필요한 것이니 찾아보렴."

그 말은 유언이 되고 말았어. 다음 날 엄마가 돌아가셨거든. 스쿠 씨는 떨리는 손으로 종이를 펼쳤어.

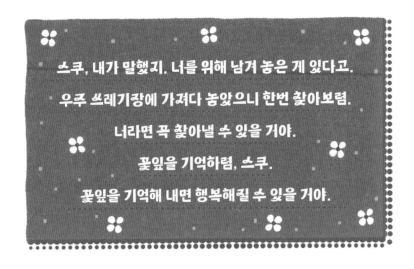

스쿠, 내가 말했지. 너를 위해 남겨 놓은 게 있다고.
우주 쓰레기장에 가져다 놓았으니 한번 찾아보렴.
너라면 꼭 찾아낼 수 있을 거야.
꽃잎을 기억하렴, 스쿠.
꽃잎을 기억해 내면 행복해질 수 있을 거야.

엄마의 글을 보고 있으니 갑자기 스쿠 씨는 코끝이 시큰해졌어. 엄마와 함께 보냈던 때가 떠올랐지. 하지만 스쿠 씨의 마음도 모르고 빠사삭은 신나게 재잘거렸어.

"스쿠 씨가 찾고 있던 종이였나요? 제가 보물찾기를 굉장히 잘한답니다. 제 유일한 특기라 오늘도 찾아 버렸네요. 그런데……."

"이건 엄마의 편지야. 얼마 전에 엄마의 장례식이 있었고."

스쿠 씨의 말이 끝나기도 전에 빠사삭 눈에는 눈물이 고였어. 빠사삭은 눈물을 닦으면서 자신의 발 한쪽을 들어 스쿠 씨 입에 집어 넣었지. 깜짝 놀란 스쿠 씨가 빠사삭에게 눈을 부라렸어.

"너! 지금 뭐하는 짓이야!"

"누군가 슬플 때는 단것을 먹으면 기분이 좋아진다고 했어요. 당장 가지고 있는 건 없고. 생각해 보니 제가 쿠키 아니겠어요? 다 먹으면 안 되고 아주 조금만 티가 나지 않게 먹어 주세요."

"퉤!"

스쿠 씨는 구역질이 나서 참을 수가 없었어. 더럽게 뭐하는 짓이냐고 소리를 지르려다가 입을 다물었어. 갑자기 좋은 생각이 떠올랐거든.

'잠깐, 엄마가 나를 위해 남겨 놓은 게 있다고 했지? 저 녀석을 이용해 볼까?'

"네가 보물찾기를 잘한다고?"

"네, 제가 얼마나 잘하는지…….."

스쿠 씨는 빠사삭의 말을 싹둑 잘랐어.

"아까 나와 같은 모습을 가지고 싶다고 그랬지?"

스쿠 씨의 말에 빠사삭이 고개를 빠르게 끄덕였어.

"우주 쓰레기장에는 온갖 물건이 다 있지. 엄마는 늘 그곳에 없는 물건이란 없다고 했어. 아마 '모습을 바꾸는 물건'도 있을 거야."

빠사삭은 스쿠 씨의 말을 듣고 눈을 깜빡거렸어.

그리고 환히 웃으며 박수를 쳤지.

"그렇군요! 그 물건만 있으면 저도 모두와 함께 지낼 수 있겠죠? 요롱요롱 별에서 말이에요!"

"좋아, 내가 그 물건을 찾아서 너를 요롱요롱 별 사람들처럼 바꿔 줄게. 대신 너도 내 일을 도와줬으면 좋겠어. 엄마가 나한테 남긴 선물을 찾게 도와줘."

"물론이죠. 저한테 맡겨 주세요!"

스쿠 씨는 웃음이 새어 나오려는 것을 꾹 참았어. 사실 스쿠 씨는 '모습을 바꾸는 물건'이 진짜 있는지 없는지 몰랐어. 그런데 왜 진짜 있는 것처럼 이야기를 했냐고? 우주 쓰레기장은 아주 넓어서 스쿠 씨가 혼자서 평생 뒤져도 엄마의 선물을 찾지 못할 수 있다고 생각했거든.

스쿠 씨는 처음에 빠사삭을 내쫓을 생각이었지만 이제 마음이 바뀌었어. 누군가의 도움이 필요해졌거든. 게다가 빠사삭이 물건도 잘 찾는다고 하니, 아주 딱이었지!

스쿠 씨 vs 빠사삭

스쿠 씨는 빠사삭을 집 안 어딘가로 안내했어.

"당분간 우리 집에서 지내도록 해. 단 엄마의 선물을 찾을 때까지만 말이야."

"혹시 제 방이 생기는 건가요? 너무 좋아요!"

빠사삭은 기뻐하면서 펄쩍펄쩍 뛰었지. 그때마다 과자 부스러기가 우수수 떨어졌고, 스쿠 씨는 얼굴을 찌푸렸어. 물론 빠사삭은 스쿠 씨의 표정 따위는 신경도 쓰지 않았어.

스쿠 씨가 빠사삭을 데려간 곳은 자그마한 다락방이었어.

"오, 이 방이군요! 기왕이면 적당한 온도의 방이었으면 좋겠어요. 너무 추우면 딱딱해지고 너무 더우면 녹아 버리는 예민한 몸이라."

스쿠 씨는 신나게 떠드는 빠사삭의 말에 대꾸하지 않았어. 그저 방문을 열었지. 다락방은 오랫동안 쓰지 않아서 뽀얀 먼지가 수북이 앉아 있었어. 빠사삭은 아무것도 없는 어두컴컴한 방을 보고 실망했어. 아주 잠깐 말이야. 곧 원래대로 돌아와 신나게 재잘댔지.

"오, 방이 정말 색다르네요! 즐거운 모험이 일어날 것 같은 방이에요! 하지만 필요한 게 좀 많아 보여요."

"물건을 사 줄 여유 따위는 없어. 나도 돈이 없어서 우주 쓰레기장에서 과자를 주워 오기도 하니까. 필요한 게 있다면 우주 쓰레기 더미 속에서 찾아다 쓰라고."

　스쿠 씨는 빠르게 할 말만 다 하고는 다락방 문을 닫았어. 아무것도 사 줄 수 없다는 말에 빠사삭이 울지도 모른다고 생각했거든. 스쿠 씨는 혹시나 울음소리가 날까 싶어 방문에 귀를 갖다 댔어.

　하지만 스쿠 씨의 생각은 가볍게 부서지고 말았어. 오히려 방 안쪽에서 괴성이 들려왔거든.

　"야호! 내 방이라니!"

　역시 빠사삭이었어. 스쿠 씨는 잠시나마 빠사삭이

실망했을 거라고 생각한 자신이 바보 같아 보였어.

다음 날 아침, 스쿠 씨는 눈을 번쩍 떴어. 얼른 다락방으로 달려가 방문을 벌컥 열었지. 방은 텅 비어 있었어.

'꿈이었나?'

그때 아래층에서 왁자지껄한 소리가 들려왔어. 스쿠 씨는 그곳으로 빨리 내려갔어.

"스쿠, 가스레인지가 또 고장 났나 보구나. 아무

래도 가스레인지를 바꾸는 게 좋겠어. 어떤 게 좋냐면……."

스쿠 씨는 왜 브룩 아주머니가 여기에 와 있는지 알 수가 없었어. 그때 저 멀리서 쨍그랑 하고 어마어마하게 큰 소리가 들렸지. 스쿠 씨는 소리 나는 곳으로 달려갔어. 그곳에는 한 손에 공을 든 빠사삭이 서 있었어. 저번에 공을 찾으러 왔던 꼬마 녀석도 함께 말이야. 빠사삭이 스쿠 씨의 어깨에 손을 척 올리며 말했어.

"제가 걱정돼서 달려왔군요. 걱정 마세요. 전 멀쩡해요. 물론 이 공도 멀쩡하고요. 그런데 이 집에 저희 말고 다른 누군가가 있더라고요. 거실에 있었는데 아무래도 스쿠 씨가 나타나서 깜짝 놀랐나 봐요. 도망간 것 같아요."

빠사삭은 요란하게 주변을 둘러봤어. 스쿠 씨의 입

에서는 비명에 가까운 신음이 새어 나왔지. 빠사삭의 말대로 빠사삭은 멀쩡했지만 대신 그 자리에는 산산 조각이 난 거울이 널브러져 있었어.

"혹시 도망친 그 녀석이 갈색 피부더냐? 동그란 눈을 가지고 있고 말이야. 온몸은 설탕 샤워라도 한 것처럼 설탕이 들러붙어 있고, 입술은 마치 사탕이라도 먹은 것처럼 번들거렸겠지."

빠사삭은 엄청 놀란 듯 펄쩍 뛰었어.

"저 방금 소름 돋았어요. 어떻게 그렇게 잘 아세요?"

"네가 부숴 버린 게 거울이라는 녀석이거든. 아까 네가 본 도망친 녀석은 바로 너고. 그런데 저 꼬마는 왜 아침부터 우리 집에 와 있는 거지?"

빠사삭은 꼬마와 어깨동무를 했어.

"아, 여기서 공을 잃어버렸는데, 다행히 제가 스쿠

씨네 쓰레기통에서 공을 찾아 줬어요. 덕분에 우린 친구가 됐고요. 이 친구가 제 물건 찾는 것도 도와준 대요."

스쿠 씨는 두 녀석 모두 쫓아내고 싶은 마음을 꾹 꾹 누르며 물었어.

"거실에 브룩 아주머니도 계시던데?"

"오, 아주머니는 넝쿨 기르기의 천재예요. 게다가 얼마나 상냥하신지, 제가 우주 쓰레기장에서 물건을 찾는 동안 옆에서 넝쿨 이야기를 계속 해 주기로 하셨답니다. 물론 제 일도 도와주신다고 했어요. 넝쿨 이야기가 끝나면 말이에요."

스쿠 씨는 더 이상 아무 말도 하고 싶지 않았어. 잔 뜩 불어 터진 표정으로 깨진 거울 조각들을 치울 뿐 이었지.

결국 우주 쓰레기장에는 스쿠 씨와 빠사삭, 그리고

브룩 아주머니와 꼬마가 함께 가게 되었어. 스쿠 씨는 빠사삭을 우주 쓰레기장에 데려가는 게 과연 옳은 일인지 고민이 됐어. 가는 길에도 이리 움직이고 저리 움직이는 빠사삭의 뒷덜미를 붙잡느라 정신이 없었거든. 간신히 우주 쓰레기장에 도착했지만 스쿠 씨는 이미 너무 지쳐 버렸지. 빠사삭은 산더미처럼 쌓인 우주 쓰레기들을 보자 눈이 반짝반짝 빛났어.

"이렇게나 보물이 많다니 정말 신나는걸요!"

그 말에 스쿠 씨는 심장이 쿵 내려앉았어. 뭔가 스쿠 씨의 생각대로 되지 않을 것 같은 불길한 예감이 들었거든. 역시나 빠사삭은 자기가 할 일을 금방 까먹었지. 빠사삭이 어디선가 주워 온 책을 집어 들고 스쿠 씨에게 흔들어 보였어. 『지구대백과사전』이라는 책이었어.

"요롱요롱 별 말고 다른 별도 있나 봐요!"

"제발 그랬으면 좋겠구나. 네 녀석을 그 별로 쫓아 버리게 말이야."

스쿠 씨는 화가 나서 목소리가 커졌어. 하지만 빠사삭은 뒤도 돌아보지 않았어. 원래라면 바로 대답했을 텐데 빠사삭은 그대로 멈춰서 아무 말도 하지 않았지. 스쿠 씨는 조금 신경이 쓰였어.

'저 녀석이 고작 화 좀 냈다고 속상해할 리가 없는데……. 내가 심하게 화를 냈나?'

스쿠 씨는 큼큼거리며 슬금슬금 빠사삭 앞쪽으로 다가갔어. 하지만 스쿠 씨의 걱정은 쓸데없는 일이었어. 빠사삭은 『지구대백과사전』을 보느라 스쿠 씨가 화를 내는 것도 몰랐거든. 스쿠 씨는 구시렁거리며 뒤돌아 다시 물건들을 뒤지

기 시작했어.

'또 쓸데없는 걱정을 했군.'

그때 빠사삭이 끼어들었어.

"그런데 어디까지 찾아봤는지 기억나요?"

스쿠 씨는 머리를 한 대 얻어맞은 기분이었
어. 사실 그냥 마구잡이로 뒤지고 있었거든. 스
쿠 씨는 굽혔던 허리를 펴고 일어서서 주위를
둘러봤어. 어디서부터 어디까지 찾아봤는지 도

통 알 수 없었지. 어쩌면 계속 같은 곳을 뒤지고 있었을지도 몰라. 스쿠 씨는 한숨이 절로 나왔어. 빠사삭이 스쿠 씨를 보고 방긋 웃으며 말했지.

"이곳을 정리하면서 찾는 게 더 빠르겠어요. 전 천재인가 봐요!"

신이 난 빠사삭을 뒤로하고 스쿠 씨는 마구잡이로 뒤지는 대신에 정리를 하기 시작했어. 쓸 만한 것과 쓸 만하지 않은 것을 나누었지. 해가 질 때까지 스쿠 씨의 일은 계속됐어. 빠사삭은 어디에 갔는지 보이지 않았지.

스쿠 씨는 생각했어.

'차라리 빠사삭을 여기에 두고 가는 건 어떨까? 그럼 원래대로 조용한 생활을 할 수 있겠지?'

넓디넓은 우주 쓰레기장을 뒤지려면 빠사삭의 도움이 필요하지만 오늘처럼 일한다면 빠사삭은 아무

도움이 안 될 것 같았지.

스쿠 씨는 아무에게도 안 들릴 만큼 작은 목소리로 빠사삭을 불렀어.

"빠사삭⋯⋯, 빠사삭⋯⋯."

바로 옆에 있는 사람도 들리지 않을 만큼 작은 소리였지. 당연히 빠사삭은 나타나지 않았어. 스쿠 씨는 만족스러운 웃음을 지었어.

'난 빠사삭을 불렀지만 나타나지 않은 건 빠사삭이었다고!'

치 시장의 방문

스쿠 씨의 발걸음이 아주 가벼웠어. 우주선 버스를 타고 내려서도 집까지 한참을 걸어야 했지만 말이야. 스쿠 씨는 날듯이 사뿐사뿐한 발걸음으로 콧노래까지 부르면서 집으로 향했어.

하지만 곧 스쿠 씨의 걸음걸이는 느려졌고 콧노래는 조금씩 잦아들었어. 왜냐고? 집에 불이 환하게 켜져 있었거든. 커튼 뒤로 익숙한 그림자도 보였지.

손잡이를 잡고 현관문을 열려고 하는데 안에서 먼저 문이 열렸어. 덕분에 스쿠 씨는 엎어질 뻔했지. 누군가 넘어질 뻔한 스쿠 씨를 껴안고 소리를 질렀어.

"제가 그렇게도 보고 싶었나요? 저도 그랬답니다."

빠사삭이었어. 스쿠 씨는 그냥 울어 버리고 싶었지.

그때 스쿠 씨 등 뒤에서 큼큼 헛기침 소리가 들렸어. 돌아보니 요롱요롱 별의 시장인 치 시장이 서 있었지.

"스쿠 씨, 드디어 오셨군요. 바쁘신 줄은 알지만 이 집을 저희에게 파는 일에 대해 다시 한번……."

스쿠 씨는 치 시장을 지그시 쳐다봤어. 치 시장은 울룩불룩하고 뚱뚱한 모양의 젤리처럼 생겼어. 약간 코딱지를 섞은 두꺼비 같았지. 게다가 눈은 세 개였고 덩치는 스쿠 씨보다 컸어. 치 시장의 오른손에는 어둠을 밝히기 위한 횃불이 들려 있었지.

치 시장은 스쿠 씨의 엄마가 돌아가신 뒤로 자주 찾아왔어. 하지만 스쿠 씨는 치 시장한테 관심도 없

었고 집을 팔 생각도 없었어.

"안 팔아요!"

스쿠 씨는 단호하게 대답하고는 뒤도 돌아보지 않

고 집 안으로 쑥 들어가 버렸어. 그런 치 시장 앞에

빠사삭이 나섰어.

"누구세요?"

치 시장은 못 들은 척하며 빠사삭을 피했어. 그러곤 스쿠 씨를 따라 집 안으로 들어가려는데 그 앞을 빠사삭이 막아섰어. 치 시장은 빠사삭이 마음에 들지 않았어. 엄청나게 깔끔하기로 유명한 치 시장에게 빠사삭은 너무 더러워 보였거든. 빠사삭의 팔에서는 설탕물이 녹아내리고 있었고, 빠사삭의 발에서는 설탕 가루가 떨어져 내리고 있었지. 치 시장은 지저분한 빠사삭이 계속 신경 쓰였어.

'당장 내 앞에서 비켜!'

치 시장은 외쳤어. 물론 마음속으로 말이야. 요롱요롱 별에 사는 사람들은 친절한 치 시장을 좋아했어. 치 시장은 인기를 누리며 오랫동안 시장을 하고 싶어서 쉽게 화를 내지 않았지. 대신 상대를 몰래 괴롭히고는 했어. 아무도 모르게 말이야.

이번에도 마찬가지였어. 치 시장은 일부러 들고 있

던 횃불을 빠사삭의 코앞에다가 갖다 댔어. 빠사삭이
녹아내리도록 말이야. 빠사삭은 깜짝 놀라 소리를 질
렀어.

"안 돼! 내 몸이 사라지고 있어요!"

치 시장은 짜증이 났어.

'쯧, 이 녀석이 내 소중한 시간을 잡아먹고 있잖아!
아예 녹아 없어지면 좋을 텐데.'

소리 지르고 싶은 마음을 꾹 참고 치 시장은 상냥
한 목소리로 말했지.

"혹시 내가 도와줄 일이라도 있니?"

"진짜 상냥하신 분이군요! 저를 잠시 부엌에 있는 냉동실에 넣어 주시겠어요? 제 몸이 지금 녹고 있거든요. 아주 잠깐이면 돼요."

치 시장은 고개를 끄덕였어. 스쿠 씨 집 안으로 들어갈 핑계가 생겼으니 거절할 이유가 없었지. 이미 치 시장은 여러 번 이곳에 왔었어. 매번 스쿠 씨가 현관에서 문을 쾅 닫아 버렸지만.

치 시장은 녹아서 작아진 빠사삭의 팔을 엄지와 검지로 살짝 잡았어. 그러곤 집 안으로 끌고 들어왔어. 스쿠 씨는 치 시장이 집 안에 들어온 걸 보고 무시무시한 표정을 지어 보였어. 살짝 움츠러든 치 시장이 말했지.

"어……. 쿠키 군이 냉동실에 좀 넣어 달라고 해서……."

"저는 쿠키 군이 아니라 빠사삭인데요."

빠사삭은 설탕물을 질질 흘리면서도 할 말은 다 했지. 스쿠 씨가 귀찮다는 표정으로 부엌에 있는 냉장고를 가리켰어. 치 시장은 알겠다는 듯 고개를 끄덕였어. 그리고 부엌으로 가서 냉장고 문만 열었어. 빠사삭이 냉동실로 들어가려고 버둥거렸지만 가만히 보고만 있었지. 더 이상 몸을 더럽히기는 싫었어. 이미 지저분해진 것은 두 손가락만으로 충분하니 말이야.

빠사삭이 냉동실의 냉기에 기운이 났는지 다시 입을 열려고 하자 치 시장이 얼른 냉장고 문을 닫아 버렸어. 어느새 나타난 스쿠 씨가 빠사삭이 흘린 설탕물과 설탕 가루를 청소하기 시작했지. 치 시장은 기분 나쁜 표정으로 아까 빠사삭을 만졌던 손가락을 닦아 댔어. '치'라고 쓰여 있는 아주 화려한 손수건으로

말이야.

"아까 말씀드리던 걸 끝까지 이야기하고 싶은데요.
우선 사진이라도 한번 보세요."

스쿠 씨는 뚱한 표정이었어. 제대로 듣는 건지 알
수가 없었지. 그저 청소만 열심히 하고 있었어.

'저런 멍청한 표정이라니. 이 멍청이한테 집을 빼
앗아 꼭 새로운 도시를 세울 거야. 그리고 저런 멍청

이들을 다 쫓아내야지.'

스쿠 씨 엉덩이를 차서 쫓아내는 상상을 하니 치 시장은 실실 웃음이 났어.

"이 일은 요롱요롱 별의 운명을 바꾸는 중요한 한 걸음이 될 겁니다. 여기 주변의 집들을 모두 허물고 나서 높고 화려한 건물들을 올리면 아주 멋지지 않겠 어요? 물론 스쿠 씨도 원한다면 그곳에서 살 수 있어 요. 물론 돈이 약간, 아니 조금 많이 필요할지도 모르 지만요."

치 시장은 사진 한 장을 내밀었어. '미래의 요롱요 롱 별'이라고 쓰인 사진에는 화려하고 멋진 건물들이 늘어서 있었지. 스쿠 씨는 사진 속 건물들을 홀린 듯 이 바라봤어.

"저곳에 살려면 얼마가 필요하다고 했죠?"

"겨우 5갤런밖에 하지 않는답니다."

지금 스쿠 씨네 집은 겨우 1갤런이 될까 말까였어. 이 집을 판다 해도 사진 속 집은 살 수 없었지. 하지만 스쿠 씨는 멋진 건물에 혹해서 계산도 해 보지 않고 치 시장한테 지금 당장 집을 팔겠다고 말할 뻔했어. 그 순간 빠사삭이 나타나지 않았다면 말이야.

쾅!

요란한 소리와 함께 냉장고 문이 떨어졌어. 그리고 기운을 차린 빠사삭이 당당하게 나타났지.

"이런! 부술 생각은 없었는데⋯⋯. 문이 열리지 않아서 살짝 발로 민다는 게 그만. 치 시장님, 정말 아쉽네요. 스쿠 씨는 정말 가난하거든요. 먹을 것도 우주 쓰레기장에서 주워 올 정도라니까요. 돈이 없으니 안타깝게도 멋진 집은 그림의 떡이네요."

그제야 스쿠 씨는 자신에게 돈이 없다는 사실이 떠올랐어. 아무리 계산해 봐도 사진 속 집은 절대 자기 집이 되지 못할 거라는 생각이 들었지. 계산 끝! 스쿠 씨는 치 시장을 현관문 쪽으로 밀었어.

"안 팔아요!"

그리고 문을 쾅 하고 닫았지. 쫓겨난 치 시장은 이를 뿌득뿌득 갈았어.

"저 지저분한 녀석 때문에 일을 다 망쳤어. 그 멍청이가 나에게 집을 팔기 직전이었는데 말이야!"

쫄기는 스쿠 씨와 빠사삭

스쿠 씨가 하는 일은 평소와 같았어. 하지만 스쿠 씨의 하루는 이전과 확실히 달라졌어. 엄청 소란스러워졌거든. 이 모든 게 빠사삭 때문이었어. 오늘도 스쿠 씨가 잠을 깨기도 전에 초인종이 울렸어. 옆집에 사는 브룩 아주머니였지.

"오늘 빠사삭이 우주 쓰레기장에서 물건 찾는 일을 도와 달라고 했는데……."

브룩 아주머니는 평소처럼 쉬지 않고 말을 이어 가려고 했어. 그때 거실에서 쨍그랑 소리가 들려왔지. 거실에 가 보니 빠사삭과 꼬마가 바닥에 엎어진 과자

그릇을 보고 있었어.

"스쿠 씨, 일찍 일어나셨네요. 꼬마 친구랑 집 안에서 공놀이를 할 수 있나 없나 시험해 보고 있었어요. 덕분에 과자 그릇이 엎어질 수 있다는 사실을 깨달았답니다."

스쿠 씨는 신나서 조잘거리는 빠사삭의 목덜미를 잡아챘어. 빠사삭은 스쿠 씨 손에 대롱대롱 매달렸지. 그 모습을 본 꼬마는 놀라서 눈이 동그래졌어. 빠사삭이 무서워하기는커녕 빨랫줄에 걸린 빨래 흉내

를 내고 있었거든. 화가 난 스쿠 씨가 뭐라고 한마디 더 하려는데 브룩 아주머니가 말을 막았어.

"모두 왔으니까 얼른 가자. 해가 지기 전에 집으로 돌아오려면 조금이라도 빨리 출발해야 해."

아주머니 뒤로 커다란 우주선이 보였어. 스쿠 씨가 싫다고 말할 틈도 없이 빠사삭의 손에 이끌려 우주선에 탔어. 스쿠 씨 뿐 아니라 꼬마도 타고 뒷집, 앞집, 옆집에 사는 모두가 탔지. 브룩 아주머니의 우주선은 '늘리면 늘리는 대로 늘어나는 우주선'이었거든. 그래서 모두를 태워도 전혀 비좁지 않았어.

빠사삭은 모두와 알은체하느라 바빴어. 모두들 빠사삭을 보며 아주 반가워했지. 스쿠 씨는 그 모습을 짜증나는 듯이 바라봤어.

"도대체 다들 어떤 생각으로 저 이상한 녀석과 친해진 거지?"

어느새 스쿠 씨 옆으로 다가온 빠사삭이 대답했어.

"제 모습을 보고 처음에는 다들 놀랐지만 그다음부터는 놀라지 않더라고요. 그냥 수다만 떨었을 뿐인데 헤어질 때는 다들 저를 꼭 껴안아 줬어요. 자기 이야기를 이렇게 진심으로 들어 줬던 건 네가 처음이라면서요."

"너한테 한 질문 아니야. 혼잣말이었다고."

"하지만……."

스쿠 씨는 빠사삭의 말을 더 듣지 않고 홱 뒤돌아가 버렸어. 그러곤 구석에 서서 모두를 바라봤어. 다들 즐거워 보였지. 스쿠 씨만 빼고 말이야. 몇몇이 스쿠 씨에게 말을 걸려고 했지만 스쿠 씨는 얼른 다른 곳으로 피해 버렸어.

어느새 우주선이 우주 쓰레기장에 도착했어. 다들 신나게 떠드느라 도착한 줄도 몰랐지. 스쿠 씨는 혹시나 누군가가 또 말을 걸까 봐 얼른 우주선에서 내렸어.

우주 쓰레기장 주변은 조용하다 못해 고요했어. 시끄러운 곳에 있다가 와서 더 그렇게 느껴졌지. 우주선 창문으로 즐겁게 떠들어 대고 있는 빠사삭이 보였어. 스쿠 씨는 이상한 기분이 들었어. 늘 혼자였어도 쓸쓸한 기분 따위는 느낀 적이 없었거든. 그런데 오늘은 허전한 기분이 드는 거야. 이런 기분은 태어나서 처음이었어.

스쿠 씨는 이 이상한 마음을 없애려고 일을 하기 시작했어. 우주선을 흘깃 보니 빠사삭 주변은 아직도 북적이고 있었어.

"흥, 요란하기는."

하지만 이상하게도 자꾸 시선이 갔지. 그때 누군가

문에 짜증이 났던 참이라 스쿠 씨의 눈매는 잔뜩 화가 나 있었지.

"무슨 일인가요?"

스쿠 씨의 등을 두드린 누군가는 화가 난 스쿠 씨를 보고도 눈 하나 깜짝하지 않았어.

"우주 경찰이다. 스쿠, 너를 '뭐든지 살아 있는 것으로 만드는 특별한 오븐'의 도난 용의자로 체포한다."

"뭐라고요? 말도 안 돼요! 나는 도둑이 아니에요. 나는 그 오븐을 이 쓰레기장에서 주웠다고요."

"변명은 통하지 않는다, 스쿠. 너는 언제든 입을 닫을 권리가 있지. 기왕이면 그게 지금이었으면 좋겠군. 안 그러면 내가 네 입을 막아 버릴 거 같거든. 네가 지른 소리에 내 귀가 아플 지경이라 말이지."

우주 경찰은 스쿠 씨에게 수갑을 채웠어. 스쿠 씨

는 몸부림을 치고 소리도 질러 봤어. 하지만 그런 스쿠 씨를 도와줄 사람은 아무도 없었어. 결국 포기할수밖에 없었지.

　그때 무언가가 스쿠 씨의 이마에 딱 하고 부딪혔어. 약간 따끔한 게 스쿠 씨는 벌레인 줄 알았는데 그건 벌레가 아니라 우주선이었어. 스쿠 씨가 아침에

타고 온 브룩 아주머니의 우주선 말이야. 사실 '늘리면 늘리는 대로 늘어나는 우주선'은 커질 수도 있었지만 반대로 작아질 수도 있었거든.

벌레만큼 작아졌던 우주선은 순식간에 거대해지더니 허둥대는 우주 경찰을 깔아뭉갰어. 우주 경찰은 그대로 우주선 아래에 깔리고 말았지. 우주선의 문이 열리고 빠사삭이 나타났어.

"스쿠 씨, 어서 타요!"

잠깐 멈칫한 스쿠 씨는 정신을 차리고 우주선에 올라탔어. 스쿠 씨를 돌아보며 빠사삭이 해맑게 웃었어.

"그런데 어디로 가요?"

그 말을 듣는 순간, 스쿠 씨는 괜히 탄 게 아닐까 하는 생각이 들었어. 그때 우주선 안에 있던 꼬마가 외쳤어.

"우리 집으로 가요. 스쿠 씨 집보다는 더 안전할 거예요."

고개를 끄덕인 브룩 아주머니는 우주선을 다시 벌레만큼 작게 만들었어. 우주선 덕분에 다들 개미만해졌지. 모두 함께 우주 쓰레기장과 가장 가까운 꼬마의 집으로 갔어.

꼬마는 빙그레 웃으며 말했어.

"원래 등잔 밑이 어두운 법이니까요. 다들 얼른 집 안으로 들어오세요."

빠사삭이 태평하게 말했어.

"우리 다 같이 밥이나 먹을까요?"

스쿠 씨는 왈칵 짜증이 났어.

"지금 밥이 넘어가니?"

그 말이 끝나기도 전에 스쿠 씨의 배 속에서 요란한 소리가 났어. 브룩 아주머니가 팔짱을 끼며 말했어.

"아무래도 밥이 넘어가야 할 것 같구나, 스쿠."

스쿠 씨는 민망해서 머리만 긁적였어.

금세 집 안은 맛있는 냄새로 가득 찼어. 브룩 아주머니는 아주 훌륭한 요리사였지. 빠사삭은 그사이에도 쉬지 않고 사고를 쳐 댔어. 그 모습을 보고 있던 스쿠 씨는 혀를 끌끌 찼어. 하지만 브룩 아주머니와

꼬마는 화내기는커녕 즐거워했어. 스쿠 씨는 이해할
수가 없었지.

"다들 화나지 않으세요?"

스쿠 씨의 질문에 브룩 아주머니는 눈썹을 올렸다
내렸어.

"이 아이는 우리의 이야기를 하찮게 여기지 않았
어. 진심으로 함께 고민해 줬지."

그 말에 스쿠 씨는 빠사삭이 아주 약간 다르게 보
였어. 하지만 그 생각은 길게 가지 못했어. 빠사삭이
수프를 엎었거든. 요란한 소리와 함께 바닥은 수프
범벅이 되고 말았어. 그 모습을 본 브룩 아주머니가
귀엽다는 듯이 픽 웃었어.

"물론 종종 실수를 하기도 하지만."

브룩 아주머니의 말 덕분인지 스쿠 씨도 이번에는
화가 나지 않았어. 신기하게도 말이야.

모두 함께 식사를 시작했어. 엄마가 돌아가시고 난 뒤에 제대로 된 음식을 먹은 건 처음이었어. 음식이 맛있어서인지 함께 먹어서인지는 모르겠지만 한 숟 갈도 남기지 않고 정말 맛있게 먹었어.

식사가 끝나고 스쿠 씨는 결심한 듯 말했어.

"집으로 돌아가야겠어요. 그리고 어떻게 된 일인지 좀 알아봐야겠어요. 언제까지 이렇게 도망치듯 살 수는 없으니까요."

스쿠 씨 말에 모두들 고개를 끄덕였어. 스쿠 씨는 브룩 아주머니의 우주선을 타고 빠르게 집으로 돌아왔지. 그런데 집이 조금 이상했어. 아까 나갈 때와 달리 문이란 문은 죄다 열려 있고 불이 환하게 켜져 있었거든. 놀란 스쿠 씨는 집으로 뛰어 들어가서 안을 살폈어. 따라 들어온 브룩 아주머니가 걱정스러운 표정으로 물었어.

"없어진 건 없어?"

"제 도장이, 도장이 없어졌어요!"

"다른 건?"

"도장만 없어졌어요."

집 안 여기저기를 살피던 스쿠 씨는 서랍장 근처에서 처음 보는 물건 하나를 발견했어. 어디서 본 것 같은 요란한 모양의 손수건에는 '치'라고 새겨져 있었어.

"범인이 누구인지 알 것 같아요."

스쿠 씨는 브룩 아주머니의 우주선을 빌리기로 했어. 빠사삭을 브룩 아주머니에게 맡기려고 했지만 빠사삭은 계속 같이

가겠다고 우겼어.

"스쿠 씨, 난 천재니까 나를 데려가는 게 도움이 될 거예요!"

"됐어. 혼자 갈 테니까 넌 여기에 있어."

더 이상 실랑이를 할 틈이 없었어. 스쿠 씨는 빠사삭이 따라오기 전에 얼른 우주선에 올라탔어. 그러곤 시청 쪽으로 우주선을 몰았지. 잠시 창밖을 내다보던 스쿠 씨는 깜짝 놀라고 말았어. 우주선 바퀴에 매달려 무언가가 펄럭거리고 있었거든!

"빠사삭!"

스쿠 씨는 간신히 빠사삭을 우주선 안으로 잡아끌었어.

"도대체 무슨 생각으로 따라온 거야?"

"아무래도 스쿠 씨에게는 천재가 필요한 것 같아요."

　태연하게 말하는 빠사삭 때문에 두통이 몰려왔지
만 스쿠 씨는 그나마 아무 일도 없었으니 다행이라고
생각했어.

　우주선은 어느새 시청에 있는 치 시장의 방에 도착
했어. 스쿠 씨는 치 시장의 방문을 요란하게 두드렸
지.

콩! 콩! 콩! 콩!

문이 열리고 치 시장이 나왔어. 치 시장은 둘을 보고 깜짝 놀란 눈치였어. 하지만 금방 태연한 얼굴로 돌아왔지.

"아니, 스쿠 씨 아닌가요? 이 밤중에 무슨 일인지! 우선 들어오세요."

방 안에 들어간 스쿠 씨는 곧바로 손수건을 꺼내 흔들어 보였지.

"이 손수건에 대해 설명해 주셔야 할 것 같은데요."

"글쎄요. 그런 손수건은 너무 흔해서……."

치 시장은 빙글빙글 웃으며 약 올리듯이 말했어. 스쿠 씨는 잔뜩 화가 나서 소리쳤어.

"거짓말! 내 도장을 훔쳐 갔잖아! 집을 빼앗으려고 말이야."

주변을 둘러본 치 시장은 아무도 없는 걸 확인하고

는 씩 웃었어. 치 시장의 표정이 확 달라졌지. 상냥함이라고는 찾아볼 수 없는 표정이었어.

"이미 감옥에 갇혔을 줄 알았는데 도망친 건가? 생각보다 겁이 없군. 평생 감옥에서 지낼 거라고 생각해서 몰래 도장을 훔친 건데 말이야."

"뭐라고? 그럼 우주 경찰을 보낸 것도 네가 벌인 일이란 말이야?"

"아, 물론이지. 내가 새로운 도시를 만들어 낸다면 정말 대단한 업적이 될 거야. 그 중요한 일을 하는데 방해가 되는 건 어떤 것도 용서할 수 없지. 그래서 내가 신고했어. 누군가가 '뭐든지 살아 있는 것으로 만드는 특별한 오븐'을 내 집에서 훔쳐 갔다고 말이지.

그리고 네 물건 하나를 슬쩍 우리 집 안에 떨어뜨려 놨어. 우주 경찰들이 너를 범인으로 생각하게 말이야."

"도대체 오븐에 대해서는 어떻게 안 거지?"

"네 옆에 있던 쿠키 녀석이 술술 불더군. 너와 자신에 관해서. 물론 오븐에 대해서도 말이지."

화가 잔뜩 난 스쿠 씨가 결국 참지 못하고 치 시장에게 달려드는데 갑자기 큰 소리가 났어.

쿵!

요란한 소리를 내며 부서진 문 위로 요롱요롱 별 사람들이 우르르 쏟아졌지. 모두 놀라 얼음이라도 된 듯 움직일 수 없었어. 특히 치 시장은 더 그랬어. 그간 친절한 시장님으로 유명했는데 원래 성격을 들켜 버렸으니 놀랄 수밖에.

"아니, 여러분. 혹시나 오해……."

그때 꼬마가 한마디 했어.

"결국 나쁜 사람은 치 시장님이었네!"

그 말에 다들 웅성거렸어. 눈치라고는 없는 빠사삭

이 모두를 보고 신이 나서 말했지.

"아침에 모두 모이고 저녁에 또 이렇게 모이다니, 정말 즐거워요! 그런데 여러분은 어떻게 알고 오신 거예요?"

누군가가 빠사삭의 질문에 대답했어.

"브룩 아주머니가 아무래도 스쿠와 너를 도와야 할 것 같다고 해서 모두 모였는데 도대체 어디로 갔는지 알 수가 있어야지. 그런데 꼬마가 그러더라. 네 설탕 가루를 따라가면 될 것 같다고 말이야. 따라오다 보니 여기였어."

빠사삭이 우주선 바퀴에 매달려서 오는 동안 설탕 가루가 떨어졌고 그게 모두를 스쿠 씨와 빠사삭이 있는 곳으로 안내한 거야. 빠사삭은 즐거운 듯이 소리쳤어.

"이렇게 모두 모였으니 파티를 해야죠! 책에서 봤

는데 파티에는 캠프파이어가 빠질 수 없대요!"

빠사삭은 순식간에 치 시장의 방 안에 있던 가구를 비롯해서 어디서 주워 왔는지 모를 다양한 물건을 쌓아 올렸어.

"성냥을 찾았다!"

마지막으로 성냥까지 찾아낸 빠사삭이 성냥에 불을 붙이자 모두들 놀라 숨을 죽였지. 스쿠 씨가 절망적인 목소리로 소리쳤어.

"안 돼! 그건 성냥이 아니라 다이너마이트라고!"

스쿠 씨의 말이 맞았어. 빠사삭이 성냥인 줄 알고 꺼낸 건 다이너마이트였던 거야.

쾅!

순식간에 다이너마이트는 터졌고 그 옆에 있던 치 시장의 숙소는 흔적 없이 사라졌지.

그나마 다행인 건 모두 무사했다는 거야. 이게 모

두 브룩 아주머니의 우주선 덕분이었어. 다이너마이트가 터지기 직전, 모두 우주선에 재빨리 탔거든. 타지 않으려고 발버둥치는 치 시장도 빠사삭이 끌고 와서 태웠고 말이야. 얼이 빠진 채로 우주선 창문에 붙어 바깥을 내다보던 치 시장이 소리쳤어.

"내 명예! 내 업적! 모든 것이 사라졌어!"

치 시장을 보며 혀를 차던 스쿠 씨의 어깨를 빠사

삭이 톡톡 두드렸어.

"제가 엄청난 도움을 드린 것 같지만 특별히 은혜는 갚지 않으셔도 돼요. 저를 가족으로 받아 준 것만으로 충분해요!"

"가족이라고?"

스쿠 씨가 가족이라는 말에 놀라 빠사삭을 돌아봤어. 하지만 따질 틈도 없이 빠사삭은 모두를 데리고 우주선 밖으로 나가 캠프파이어를 즐겼지. 요롱요롱 별 사람들과 함께 춤추는 빠사삭은 무척 행복해 보였어.

마지막 이야기

　결국 치 시장은 시장 자리에서 물러났어. 그동안의 일을 모두 들켰으니까. 스쿠 씨는 포기하지 않고 여전히 우주 쓰레기장을 뒤지는 중이야.

　이전과 한 가지 다른 점이 있다면 혼자가 아니라는 거지. 브룩 아주머니부터 꼬마까지 모두가 스쿠 씨를 도왔어. 덕분에 절대 정리되지 않을 것 같던 우주 쓰레기장은 아주 깨끗해졌지. 깨끗해진 우주 쓰레기장을 보며 빠사삭이 펄쩍 뛰었어.

　"다음에는 여기서 모두 함께 파티를 하면 좋겠어요!"

　여전히 놀 생각만 하는 빠사삭을 보니 스쿠 씨는 어이가 없었어. 그런데 이상하게도 예전처럼 화가 나지 않았어. 정말 이상하게도 말이야.

　우주 쓰레기장에서 결국 엄마의 선물은 찾지 못했어.

　"괜찮니? 스쿠?"

브룩 아주머니의 말에 스쿠 씨는 어깨를 으쓱하면서 말했어.

"괜찮아요. 별거 아니었을 거예요."

그렇게 말하고 스쿠 씨는 집에 돌아왔어. 그런데 이상하게 마음이 허전했지.

'이제 내일부터 무슨 일을 하지? 우주 쓰레기장에 갈 일도 없어졌는데.'

그때 어디선가 요란한 소리가 났어. 물론 범인은 빠사삭이었지. 벽에 못질을 하다가 벽을 부순 거였어. 스쿠 씨는 어처구니가 없어서 웃음이 나왔어.

"대단하다."

"그렇죠? 깨진 거울을 대신할 물건을 찾다니 전 정말 대단한 것 같아요! 이것 봐요. 우주 쓰레기장에서 주웠는데 거울과는 좀 다르지만 둥근 모양은 같으니까 대신 쓸 수 있을 거예요."

스쿠 씨는 빠사삭이 들고 있는 물건을 보고는 다리에 힘이 풀려 주저않고 말았어. 빠사삭의 손에는 엄마의 접시가 들려 있었거든. 엄마가 마지막으로 남긴 편지에 있던 꽃잎 모양의 그림이 그대로 새겨진, 꽃잎 모양의 접시였지. 접시 뒤에는 엄마의 글씨가 새겨져 있었어.

넌 혼자가 아니란다, 스쿠.

스쿠 씨는 왈칵 눈물이 쏟아졌어. 그 접시는 어린 스쿠가 학교 숙제로 만든 거였어. 스쿠의 집은 가난

해서 아무것도 없었어. 사정을 들은 요롱요롱 별 사람들이 스쿠네 집을 찾아왔지.

"우리 집에 접시 만드는 흙이 남아 있어."

"우리 집에 도자기를 만들 때 쓸 수 있는 물감이 있어."

그렇게 모두의 도움으로 만든 접시였지. 스쿠 씨는 그제야 엄마가 왜 우주 쓰레기장에서 이 접시를 찾으라고 했는지 깨달았어. 어린 스쿠를 기억하라는 거였어. 어린 스쿠는 우주 쓰레기장을 아주 좋아했지. 그곳에 가면 늘 누군가를 만날 수 있었으니까 말이야.

스쿠 씨는 접시에 자기 얼굴을 묻었어. 빠사삭은 우는 스쿠 씨를 보고 놀랐어.

"제 발을 드릴까요? 아니면 손? 좋아요, 머리는 한 번도 누구에게 준 적이 없지만. 대신 아주 조금만이에요."

빠사삭이 호들갑을 떠는데 요롱요롱 별 사람들이 하나둘 나타났어. 스쿠 씨는 울다 말고 물었지.

"왜 다들 다시 여기에……?"

누구 하나 나서지 못하자 브룩 아주머니가 말했어.

"아무래도 네가 걱정돼서 다 같이 밥이나 먹을까 했어."

그때 빠사삭이 놀라서 소리를 질렀어.

"아, 모습을 바꾸는 물건을 찾는 걸 깜빡했어요! 스

쿠 씨처럼 변해야 하는데 어쩌죠? 여러분과 다르게 생긴 저는 곧 요롱요롱 별을 떠나야 할지도 몰라요."

이번에는 빠사삭이 울기 시작했어. 바닥은 순식간에 끈적끈적한 설탕물 범벅이 됐지. 빠사삭이 우는 모습을 처음 본 스쿠 씨는 잔뜩 당황하고 말았어. 스쿠 씨는 빠사삭에게 다가가 어색하게 어깨를 껴안았어.

"나랑은 다르지만 네 모습도 멋진걸. 그리고 네가 떠나는 걸 모두 두고 보지 않을 테니 걱정 마."

"정말요?"

빠사삭이 되묻자 주위에 있던 모두가 고개를 세차게 끄덕였어. 물론 스쿠 씨도 끄덕거렸지. 아주 작게 말이야. 하지만 그걸로 충분했어. 빠사삭은 금방 유쾌하고 수다스러운 원래의 모습으로 돌아왔거든.

스쿠 씨는 앞으로 무슨 일을 해야 할지 걱정할 필

요가 없어졌어. 빠사삭이 마을 일에 계속 참견을 하는 바람에 뒤치다꺼리를 하느라 바빴으니까.

빠사삭이 잠잠해진 틈을 타 스쿠 씨는 잠시 소파에 앉아 쉬었어. 가만히 있으니 엄마가 떠올랐지. 엄마는 항상 혼자보다는 함께 있는 게 더 즐겁다고 했어.

'엄마, 아주 조금 엄마 말이 맞을지도 몰라요. 힘들지만 나름 괜찮은……'

그때 저 멀리서 빠사삭이 소리를 지르며 뛰어왔어.

"참, 스쿠 씨! 사람들이 그러는데 제가 시장을 하기에 아주 딱이라고 하던데요. 아무래도 시장 선거에 나가 봐야겠어요!"

빠사삭의 말에 스쿠 씨의 얼굴이 하얘졌어.

'엄마, 방금 한 말은 취소예요.'

빠사삭은 신이 나서 앞으로 달려갔어. 여전히 설탕 가루를 뿌리면서 말이야.

작가의 말

혹시 '함께'보다 '혼자'가 편하다고 생각한 적이 있나요? 저는 그런 적이 있었어요. 누군가와 함께하다 보면 신경 써야 할 게 너무 많았거든요. 그래서 '혼자' 놀기로 결심했죠. 혼자 지내니 하루하루가 너무도 평화로웠어요. 그렇게 하루 이틀이 지나고 같이 놀자고 하던 친구들도 하나둘씩 사라졌어요.

어느 날, 친구 한 명이 전학을 왔어요. 저는 이 친구와 엉겁결에 '함께' 놀게 되었어요. 어땠냐고요? 여전했어요. 다투기도 하고 신경 쓰였죠. 그런데 이번엔 이상하게도 즐거웠어요.

여기에 저와 같은 생각을 한 스쿠 씨가 있어요. 빠사삭을 만나면서 함께라는 즐거움을 알게 됐거든요. 스쿠 씨와 빠사삭이 '함께'한 이야기를 들어 보시겠어요?

신전향